Analyse d'œuvre

Rédigée par Jean-Michel Cohen-Solal
Avec un entretien de Cécile Alduy, professeure de littérature française à l'Université Stanford, pour la partie « Réception de l'œuvre »

Soumission

de Michel Houellebecq

MICHEL HOUELLEBECQ

- Né le 26 février 1956 à La Réunion.
- **Quelques-unes de ses œuvres :**
  - *Extension du domaine de la lutte* (roman, 1994)
  - *Plateforme* (roman, 2001)
  - *La Carte et le Territoire* (roman, 2010)

Michel Houellebecq est l'un des auteurs contemporains les plus lus et les plus traduits dans le monde. Écrivain polémique starifié, essayiste, poète, performeur et réalisateur, il suscite le débat et la controverse à chacune de ses apparitions ou publications. Ses propos sur l'islam proférés en 2001 (« La religion la plus con, c'est quand même l'islam. Quand on lit le Coran, on est effondré... effondré », in *Lire*, septembre 2001) ont notamment suscité la polémique. Attaqué en justice pour injure et complicité de provocation à la discrimination, à la haine ou à la violence à l'égard d'un groupe de personnes en raison de son appartenance à une religion, il est finalement relaxé, le juge considérant qu'il s'agissait là d'une attaque visant une religion et non ses adeptes.

Mais c'est bien évidemment au travers de ses écrits que les Français découvrent le monde houellebecquien, tout d'abord dans *Extension du domaine de la lutte* (1994). Il ne devient une célébrité que quelques années plus tard avec *Les Particules élémentaires* (1998) et *Plateforme* (2001), œuvres qui racontent la misère affective, le désespoir et l'épuisement de notre civilisation. La consécration littéraire intervient en 2010 avec la publication de *La Carte et le Territoire*, lorsqu'il obtient le très convoité Goncourt, après trois échecs successifs.

En guise de cerise sur le gâteau, le palais de Tokyo expose son travail en 2016 au sein d'une exposition intitulée « Rester vivant », dans laquelle il réinvente son univers désenchanté et pour le moins décalé.

SOUMISSION

- **Genre :** politique-fiction satirique.
- **1ʳᵉ édition :** le 7 janvier 2015.
- **Édition de référence :** *Soumission*, Paris, Flammarion, 2015, 300 p.
- **Personnages principaux :**
  - François, le narrateur, un universitaire banal et cynique
  - Myriam, jeune étudiante, une des maîtresses du narrateur
  - Godefroy Lempereur, jeune universitaire identitaire
  - Alain Tanneur, fonctionnaire aux Renseignements généraux
  - Mohammed Ben Abbes, leader du Parti de la fraternité musulmane, puis président de la France islamique
  - Robert Rediger, idéologue du Parti de la fraternité musulmane, président de la Sorbonne, puis secrétaire d'État
- **Thématiques principales :** la crise du modèle familial laïque, le déclin de la foi catholique, la conversion à l'islam.

Soumission, roman de politique-fiction, déclenche la polémique avant même sa publication. En effet, ce roman raconte les circonstances dans lesquelles un parti islamiste gagne l'élection présidentielle française de 2022 et islamise la société, avec la complicité des élites, sans rencontrer aucune résistance. La France semble pacifiée, la polygamie instaurée et les droits de l'homme dénigrés. Cette polémique est suscitée par les inquiétudes et les peurs que l'islam cristallise dans un discours unilatéral qui prône l'absurdité d'un monde désenchanté et la perte des valeurs d'humanisme.

Ironie du sort, le 7 janvier 2015, jour de la sortie du livre, un monstrueux attentat terroriste est commis dans les locaux de *Charlie Hebdo*, tuant douze personnes. La une du journal satirique affiche à ce moment-là partout dans la capitale la caricature de Houellebecq en mage visionnaire, sous-titrée « En 2015, je perds mes dents, en 2022, je fais ramadan », à l'occasion de la sortie de son roman. Dans ce contexte extrêmement trouble, les inévitables discours islamophobes ressurgissent, et la polémique enfle. En moins d'une semaine, le livre est vendu à plus de 100 000 exemplaires en France.

LA VIE DE MICHEL HOUELLEBECQ

Portrait de Michel Houellebecq.

Romancier, poète, essayiste, photographe, acteur et réalisateur, Michel Houellebecq est l'un des auteurs français contemporains les plus lus et traduits dans le monde.

Après la séparation de ses parents, il grandit auprès de sa grand-mère paternelle à Meaux (Seine-et-Marne), Henriette Thomas, née Houellebecq, dont il utilisera le nom. Il entre dans une école d'ingénieur agronome avant de réaliser des études de cinéma à l'École Louis-Lumière.

Ses premières publications (1991) contiennent des poèmes

en prose, *Rester vivant*, *Méthode*, *La Poursuite du bonheur*, et un essai sur l'auteur américain Lovecraft (écrivain américain, 1890-1937), intitulé *Contre le monde, contre la vie*. C'est à cette période de sa vie qu'il avoue s'être senti accepté en tant qu'auteur.

Son roman *Extension du domaine de la lutte* (1994), adapté au cinéma par Philippe Harel cinq ans plus tard, lui permet d'acquérir une certaine popularité : les Français découvrent alors l'univers houellebecquien à travers les thématiques du libéralisme économique et sexuel. Mais le succès et la notoriété viennent véritablement avec *Les Particules élémentaires* (1998) et *Plateforme* (2001), ainsi qu'avec les très vives polémiques suscitées par ces deux ouvrages portant l'un sur l'eugénisme, l'autre sur l'islam. Tous deux racontent la même misère affective, le même désespoir, le même épuisement irréversible de notre civilisation, voire la disparition de l'humanité, des thèmes qui deviendront la marque de fabrique de l'auteur.

Après *Les Particules élémentaires*, Houellebecq comprend qu'il n'a plus besoin de travailler et qu'il peut se proclamer écrivain. « Je suis devenu libre !, déclare-t-il, je savais que mon temps allait m'appartenir jusqu'à ma mort. » (propos recueilli lors d'un entretien réalisé en 2005 sur *Les Particules élémentaires*)

En 2005, il publie *La Possibilité d'une île*, un roman sur le clonage et la fin de notre civilisation, au sujet duquel il concède, lors d'un entretien télévisé accordé à Thierry Ardisson (animateur de télévision, né en 1949), que les 650 autres romans de la rentrée littéraire sont réduits au rang de figurants.

« J'ai décidé d'arrêter de faire de la fausse modestie parce que ça se verrait, affirme-t-il, donc c'est vrai que mon livre est bon, oui c'est un peu normal qu'il écrase la rentrée. »

Il est vrai que son arrivée aux éditions Fayard ne laisse personne indifférent. *L'Express* du 1er mars 2005 le présente même comme le « transfert du siècle ». Le magazine d'actualité avance le chiffre colossal d'un million d'euros et raconte les conditions romanesques de la signature de son contrat dans le Centre international des congrès de Deauville. *Le Point* révèle, quant à lui, que c'est son agent François Samuelson qui a négocié le contrat, celui-ci garantissant par ailleurs le financement d'un film réalisé par l'auteur. C'est ainsi qu'en 2008 il adapte lui-même son roman à l'écran et réalise un long-métrage de science-fiction avec Benoît Magimel (acteur français, né en 1974) dans le rôle du personnage principal. Mais le film est un échec commercial et critique.

Enfin, en 2010, il obtient le prix Goncourt avec *La Carte et le Territoire*, dans lequel il met en scène son propre assassinat dans un monde qui meurt inévitablement. Peu de temps après, il est accusé de plagiat. Il s'en défend dans un entretien accordé à Joseph Vebret et parle d'insulte ridicule, avant d'évoquer son travail d'écrivain, son admiration pour Perec (écrivain français, 1936-1982) et ses tentatives de brouillage entre document réel et fictionnel à l'œuvre dans nombre de ses romans : « Employer des matériaux un peu rares par leur extralittérarité est une petite source de fierté », conclut-il (*ibid.*). On retrouve ici des influences lovecraftiennes.

Puis, il revient à la poésie en 2013 avec *Configuration du dernier rivage*, qui donne lieu, en avril 2014, à un CD intitulé *Aubert chante Houellebecq – Les Parages du vide*. Il confesse dans un entretien au *Figaro* son trouble d'entendre ses textes chantés à la radio et ajoute que « l'écoute des *Parages du vide* l'a réconcilié avec l'écriture romanesque ».

En 2014, il participe à un film, entre fiction et documentaire, qui raconte son propre kidnapping, *L'Enlèvement de Michel Houellebecq*.

Quelques mois plus tard, il sort son sixième roman, *Soumission*, et remporte avec celui-ci un véritable triomphe. En moins d'une semaine, le livre est vendu à plus de 100 000 exemplaires en France. Il est rapidement traduit et jouit d'un aussi bon accueil en dehors des frontières françaises.

En 2016, le palais de Tokyo met à sa disposition un espace de 1 500 mètres carrés pour y abriter sa première exposition, « Rester vivant », constituée de sons, de photographies, d'installations pour le moins originales et de films. Le performeur déclare avoir choisi ce titre en référence à son premier livre poétique publié, cette exposition constituant donc pour lui un retour aux sources.

RÉSUMÉ

LA FRANCE ISLAMIQUE

Paris, 2017. Le paysage politique ne propose plus de réponses adaptées aux besoins des Français, et l'alternance gauche-droite ne semble plus correspondre aux réalités du pays. La réélection de François Hollande (né en 1954) contre le Front national créé un trouble profond dans la société française qui se droitise, et des émeutes éclatent entre identitaires d'extrême droite et musulmans salafistes.

Dans cette France épuisée, Mohammed Ben Abbes, le nouveau leader du Parti de la fraternité musulmane, gagne l'élection présidentielle de 2022 grâce au soutien de la gauche, de la droite et du centre, un appui qui s'est avéré nécessaire pour faire barrage au Front national. Cet énarque de la promotion Wauquiez (homme politique français, né en 1975) est un homme ambitieux qui rêve d'un empire où l'Europe serait intégrée aux pays de la Méditerranée. Il prône une république islamique modérée et gouverne avec François Bayrou (homme politique français, né en 1951), son Premier ministre.

Sous son impulsion, la France « renaît » : la baisse soudaine du chômage s'explique par la nouvelle politique qui revalorise les allocations familiales et qui incite les femmes à rester au foyer ; la polygamie est instaurée, l'ordre est rétabli.

Ben Abbes, tel un nouveau Napoléon, peut bientôt bâtir son empire et gouverner sur le monde grâce à ses immenses qualités de diplomate : il envisage même de délocaliser le siège de la Commission européenne à Rome et le Parlement à Athènes, suscitant l'admiration de son nouveau ministre, Robert Rediger.

L'UNIVERSITÉ PARIS III

François, le personnage principal, est un être banal, médiocre, solitaire et cynique. S'il est l'auteur d'une brillante thèse sur Huysmans (écrivain français, 1848-1907), qui lui a valu une nomination comme professeur à l'université de Paris III, il n'a cependant aucune vocation pour le métier d'enseignant et déteste les jeunes. Sa classe est peu fréquentée, sans doute à cause de la médiocrité de ses cours. Comme il l'affirme lui-même, ses étudiants le font « pas mal chier [...] avec des questions oiseuses » (p. 53). Ils sont en outre assimilés chaque année à de « nouveaux arrivages » (p. 24), comme dans *Les Bronzés* avec « l'arrivée au club des estivantes de la semaine » (*ibid.*). Ses doctorants ne l'enthousiasment guère davantage : sans respect pour les enjeux qui les préoccupent, son seul questionnement, auquel il s'adonne en cours, se résume au choix de son « micro-ondes [du] soir » (p. 37). Il se montre toutefois attiré par certaines de ses étudiantes avec lesquelles il n'hésite pas à passer la nuit.

Ses collègues, Marie-Françoise, exégète de Balzac (écrivain français, 1799-1850), Alice, spécialiste de Nerval (écrivain français, 1808-1855), et Steve nous permettent d'accéder aux tractations qui accompagnent la nomination des professeurs, et introduisent par touches successives les thématiques de l'islam et de la politique avec le second tour de l'élection présidentielle de 2022.

LES ÉMEUTES

Godeffroy Lempereur, jeune universitaire de 25 ans, spécialiste de Léon Bloy (écrivain français, 1846-1917), vient d'être nommé au poste de maître de conférences à Paris III. Auparavant, il était proche des mouvements identitaires catholiques. Il affirme que ces mouvements concernent de nouveaux identitaires, proches du Front national qui « prépare[nt] la guerre civile » (p. 69). Ceux-ci se proclament « les indigènes de l'Europe, les premiers occupants de cette terre » (p. 68), et sont farouchement opposés à ce qu'ils nomment « la colonisation musulmane » (*ibid.*).

Entre les deux tours de l'élection présidentielle, cette violence s'aggrave : la télévision retransmet des images de « groupes d'hommes masqués, très mobiles, armés de fusils d'assaut et de pistolets-mitrailleurs [...], [des] vitrines [sont] brisées, des voitures brûl[ent] ça et là » (p. 121). Les supermarchés sont désertés, et la peur s'empare de la population.

François fuit la capitale et réalise que cette violence touche également la province : il aperçoit en effet le cadavre d'une caissière « gisant sur le sol dans une mare de sang » (p. 129), et ceux de « deux jeunes Maghrébins [...] abattus, indiscutablement morts ; l'un d'entre eux ten[ant] un pistolet-mitrailleur » (p. 130).

Durant sa fuite, il retrouve fortuitement Alain Tanneur, le mari de Marie-Françoise, fonctionnaire aux Renseignements généraux tout juste suspendu de ses fonctions pour avoir attiré l'attention de ses supérieurs sur de probables incidents à Mulhouse entre identitaires et djihadistes (p. 140-141). Pendant ce temps, des tractations politiques ont lieu entre les différents partis et, le « soir du second dimanche électoral » (p. 164), la nouvelle tombe : Mohammed Ben Abbes est élu à la tête de la France.

Lorsque François revient à Paris, il note un changement presque imperceptible dans son quartier, à Chinatown : les voyous ne fréquentent plus le centre commercial du 13e arrondissement ; le port du voile est en très sensible augmentation, et le pantalon est devenu obligatoire pour les femmes (p. 175-177). Mais c'est un bouleversement beaucoup plus important qui impactera sa vie. Durant son absence, il a reçu un avis l'informant que « les nouveaux statuts de l'université islamique [lui] interdisent d'y poursuivre [s]es activités d'enseignement » (p. 179), comme lui-même ne s'est pas converti. La lettre est signée par Robert Rediger, le nouveau président de l'université, un ex-identitaire athée converti à l'islam.

Dans un premier temps, François signe sa demande de pension de retraite anticipée. Mais bientôt il apprend que Rediger souhaite le réintégrer dans sa fonction de professeur et désire donc le rencontrer. Durant leur entretien, ce dernier exerce sur François une réelle fascination au point qu'il réussit à le convaincre de se soumettre à l'islam au cours d'une conversation qui s'apparente à une stratégie argumentative.

Enfin, François se prépare à sa conversion et savoure dans un monologue intérieur le jour faste de sa cérémonie et les magnificences de sa vie future.

L'ŒUVRE EN CONTEXTE

LA GENÈSE DE L'ŒUVRE

Dans la revue mensuelle d'information et de réflexion sur la création contemporaine *Artpress*, Michel Houellebecq confie, le 17 décembre 2014, les conditions de l'écriture de *Soumission*. Il précise que le titre initial de son livre était *La Conversion*, son projet étant alors de faire le même voyage que Huysmans un siècle plus tard, les séquences à Rocamadour avec la Vierge noire et son séjour à l'abbaye de Ligugé devant aboutir à la conversion du narrateur au catholicisme. Son dessein a toutefois évolué durant la phase d'écriture : François, le personnage principal, se convertit à l'islam, parce que l'auteur lui-même n'est pas parvenu à se convertir au catholicisme.

Cet entretien est très intéressant en soi, car il lève le voile sur les zones d'ombre de l'écriture :

> « Si j'écris des romans, révèle l'auteur, c'est parce que je ne sais pas ce qui va se passer quand je commence à écrire. Lorsqu'une chose est pleinement définie, je n'ai plus envie de l'écrire, raison pour laquelle je n'écrirai jamais de vrais essais. » (propos recueillis par Jacques Henric et Catherine Millet)

La revue souligne que la décision de publier cette interview avant même la sortie du livre programmée le 7 janvier 2015 s'inscrit dans un contexte particulièrement tendu puisque le roman fait déjà l'objet d'une âpre critique. Il s'agit donc de donner la parole à l'écrivain polémique pour lui permettre de clarifier son projet et sa démarche.

Le journaliste Sylvain Bourneau publie à son tour, le 3 janvier, sur son blog, un long entretien qui s'est déroulé le 19 décembre dans les locaux de Flammarion et dans lequel l'auteur précise que son livre ne constitue pas une provocation. Il revient sur la « scène clé du livre » à Rocamadour et considère par ailleurs que la victoire d'un parti islamique en France en 2022 est peu vraisemblable : « Je procède à une accélération de l'Histoire, dit-il, mais non je ne peux pas dire que c'est une provocation dans la mesure où je ne dis pas de choses que je pense foncièrement fausse juste pour énerver. »

L'Obs dévoile par ailleurs, le 6 janvier, quelques extraits de l'interview publiée dans son intégralité le 8 janvier. Houellebecq y affirme que, pour lui, « l'athéisme est mort, la laïcité est morte, la République est morte ».

LA POLÉMIQUE SUR L'ISLAM

Treize ans plus tôt, le 1er septembre 2001, le journaliste Didier Sénécal interrogeait Michel Houellebecq dans le contexte de la sortie de son nouveau roman *Plateforme*. L'auteur déclarait alors : « La religion la plus con, c'est quand même l'islam. Quand on lit le Coran, on est effondré... effondré. » (« Houellebecq frappe encore », in *Lire*, septembre 2001)

Cette phrase déclenche une vive polémique, et l'auteur de *Plateforme* se retrouve sur le banc des accusés, poursuivi par des associations musulmanes et la Ligue des droits de l'homme pour injure et complicité de provocation à la discrimination, à la haine ou à la violence à l'égard d'un groupe de personnes en raison de son appartenance à une religion. Si les accusations sont lourdes, l'auteur ne semble guère avoir envie d'assurer sa défense. Pascale Robert-Diard, journaliste au *Monde*, décrit ainsi le prévenu, « les épaules voûtées, le regard obstinément fixé au sol », et s'adressant au président du tribunal, articulant comiquement « des ouiche, bon si vous voulez, on peut dire comme ça ».

Dans un article publié le 7 avril 2012 dans la revue de sociologie de la littérature *Contextes*, l'universitaire Louise Moor analyse la « posture polémique » de Michel Houellebecq. Elle explique que les controverses liées à sa personne proviennent d'une confusion entre deux discours, celui de l'auteur et celui de la fiction (narrateur et personnage). Dans le cas de la polémique sur l'islam de 2001, elle rappelle que l'entretien avec Didier Sénécal avait pour but de « savoir, plus ou moins indirectement, si l'auteur corrobor[ait] de manière effective certains propos tenus par le narrateur ou les personnages de son roman, notamment dans leur rapport à la religion islamique ». Elle ajoute que cette polémique a été nourrie par l'auteur lui-même, puisque « l'écrivain affirm[ait] éprouver une forme de "haine" pour la religion islamique, qu'il estim[ait] "la plus con" des religions monothéistes, et au surplus dangereuse » (« Posture polémique ou polémisation de la posture ? Le cas de Michel Houellebecq »). Elle estime que l'auteur en « s'associ[ant] à une déclaration de son personnage principal, Michel » (le même prénom que celui de l'auteur), attise la rancœur des défenseurs des droits musulmans : « Dans la situation où il se trouve, dit Houellebecq parlant de son personnage de

Plateforme qui a perdu sa femme à la suite d'une attaque commise par des terroristes islamiques, il est normal qu'il ait envie qu'on tue le plus de musulmans possible... » (*ibid.*) Enfin, citant *Livres Hebdo* du 20 septembre 2002, elle rapporte que l'auteur revendique sa liberté d'expression en affirmant que « critiquer de manière acerbe une religion ne met pas en cause ceux qui la suivent en tant qu'êtres humains ».

L'auteur est finalement relaxé, mais des soupçons d'islamophobie pèseront toujours sur lui. À l'occasion de la traduction de *Soumission* en anglais, il confirme dans le *Guardian* du dimanche 6 septembre 2015 qu'il est probablement islamophobe, précisant que le terme « phobie » signifie « peur » et non « haine », et que cela ne constitue définitivement pas une sorte de racisme.

Enfin, un an plus tard, dans un entretien avec Valérie Abecassis à l'occasion de son exposition au palais de Tokyo, il déclare à propos de la Bible : « C'est complètement con, mais quand même c'est bien écrit ! » Puis, il confirme avoir toujours le même point de vue sur l'islam, et lorsque la journaliste lui demande s'il est prêt à réaffirmer que c'est une « religion con », il atténue ses propos polémiques de 2001 : « J'ai eu une parole un peu excessive, répond-il, c'est un peu pauvre, les monothéismes sont pauvres. »

L'ACTUALITÉ DE LA SORTIE DU LIVRE ET L'ATTENTAT DE *CHARLIE HEBDO*

Le jour de la parution du livre, le 7 janvier, un terrible

attentat est perpétré dans les locaux de *Charlie Hebdo*, tuant douze personnes, dont huit collaborateurs du journal satirique.

Dans ce contexte extrêmement trouble et violent des journaux en vente dans les kiosques annoncent des gros titres parfois surprenants. C'est le cas notamment de *L'Obs* qui, pour la semaine du 8 au 14 janvier 2015, propose en couverture une photo de Houellebecq et titre son édition : « J'ai survécu à toutes les attaques – Houellebecq s'explique. » Si l'actualité rend cette une particulièrement provocante à l'égard de ceux qui n'ont pas été épargnés par la tuerie, il faut toutefois préciser que le plan de communication était prévu avant l'attentat.

Dans ce climat extrêmement tendu, Manuel Valls (homme politique français, né en 1962), interrogé sur les ondes de RTL le 8 janvier, déclare : « La France, ça n'est pas Michel Houellebecq, ça n'est pas l'intolérance, la haine et la peur. » La sortie du livre devient un phénomène politique.

Suite à ces terribles événements, les médias nationaux annoncent avec l'AFP que l'auteur « quitte Paris pour se mettre au vert, à la neige » (communiqué de l'éditeur) et qu'il suspend la promotion de son livre.

Le 8 janvier, visiblement très affecté par l'assassinat de son ami l'économiste Bernard Maris, Michel Houellebecq répond aux questions d'Antoine de Caunes pour le *Grand Journal* de Canal Plus. L'auteur réfute à nouveau toute provocation, préférant le terme de liberté, même s'il concède qu'il y a nécessairement une forme de provocation dans l'exercice de la liberté d'expression. Le journaliste poursuit en privilégiant les questions concernant les relations entre la fiction et le réel, notamment l'irruption de personnages réels dans le roman (François Hollande, Marine Le Pen, François Bayrou), ce qui aurait pour conséquence de développer des zones d'incompréhension chez le lecteur. Ses questions relancent le débat sur la « posture polémique » de l'auteur qui utilise effectivement des personnalités réelles, ce qui alimente nécessairement la confusion entre fiction et réalité. L'auteur rétorque et précise que son livre n'est pas islamophobe et avoue ne pas comprendre pourquoi il suscite cette polémique ni pourquoi il est de plus en plus difficile d'écrire une fiction.

Six mois plus tard, le 29 août 2015, Houellebecq choisit une émission de divertissement très populaire, *On n'est pas couché*, pour analyser la crise de l'Occident qui, selon lui, aurait du mal à survivre à la perte de sa religion. Le vide créé aurait pour conséquence d'en favoriser une autre, l'islam. Il explique en outre que la reprise de ce sujet est l'occasion pour lui d'exploiter une peur collective. Alors que dans *La Possibilité d'une île*, il évoquait une religion basée sur la science, dans *Soumission*, il met en avant la résurgence de l'islam causée par ce vide religieux de l'Occident.

ANALYSE DES PERSONNAGES

FRANÇOIS

François, le narrateur, est un quadragénaire malheureux, cynique, alcoolique et profondément désabusé.

Étudiant doté d'une relative curiosité intellectuelle, il a accédé aux fonctions de professeur des universités à Paris III après la soutenance « dithyrambique » de sa thèse de doctorat sur Huysmans, et ce malgré son absence de vocation pour le métier d'enseignant et son aversion pour les jeunes.

Solitaire et éternellement insatisfait, le jeune François mène une vie amoureuse faite d'une succession d'aventures éphémères qui dénotent une période de vacuité affective. Adulte, ce schéma se reproduit avec la même inconsistance, et le langage pornographique qu'il utilise sans cesse – une marque de fabrique de l'écrivain – ne parvient pas à dynamiser ni à érotiser sa vision des femmes. Seule la perte de Myriam, une étudiante juive partie en Israël (p. 112), l'affecte, car elle constituait « le sommet de [s]a vie amoureuse » (p. 50). Pourtant, il ne la retient pas. « Il n'y a pas d'Israël pour moi », déclare-t-il, persuadé qu'une vie de couple est impossible, se référant encore à Huysmans, incapable d'échapper aux résonnances « lancinantes » d'*En ménage* (p. 113), sans doute trop jeune pour incarner le modèle du « bonheur tiède des vieux couples » (p. 94). Entre les deux tours de l'élection présidentielle, puis durant un mois et demi, sa fuite en province ne change rien à son incompréhension du monde. Seul dans sa chambre d'hôtel du Relais du Haut-Quercy, il se demande ce qu'il fait là, « solitaire [...] traversé de failles » (p. 132), et bientôt, perché sur un promontoire qui surplombe la Dordogne, il commence à regretter le départ de Myriam puis « [s]e sen[t] envahi par une solitude terrible » (p. 135).

Cette indifférence persiste après l'élection de Ben Abbes et l'islamisation de la société, et lorsqu'il signe sa demande de retraite anticipée, il affiche la même impassibilité. Cependant, quelques mois plus tard, lors de son entretien avec Rediger, il se montre très intéressé par la thématique du religieux et analyse assez finement la stratégie du nouveau président de la Sorbonne dont il souligne la force (p. 262).

Il se révèle également un habile calculateur de son avenir après sa conversion, soucieux de son futur traitement et du nombre d'épouses auquel il peut désormais prétendre (p. 292-293).

STEVE, MARIE-FRANÇOISE, ALICE ET GODEFROY LEMPEREUR

Steve, Marie-Françoise et Alice représentent le groupe des universitaires. En dépit de leurs prestigieuses fonctions de professeurs d'université, ils se comportent apparemment comme de vulgaires individus prosaïques, dépourvus d'idéal, de sensibilité et d'intelligence. Ils entrent dans l'univers de François comme des marionnettes au service de l'intrigue (l'islamisation de la France), puis en ressortent après avoir délivré les informations nécessaires.

Ils intensifient la vraisemblance des événements auxquels

ils assistent, passifs et impuissants, et incarnent des personnages réalistes péchant par défaut d'ambition intellectuelle. Leur vie est la même que celle de tous ces universitaires « fai[sant] partie de la minime frange des étudiants les plus doués » (p. 18) : « [une] uniformité et [une] platitude prévisible » (*ibid.*).

Steve, « auteur d'une vague thèse sur Rimbaud [poète français, 1854-1891], sujet bidon par excellence » (p. 28), est un être médiocre et insignifiant dont la nomination à la fonction de maître de conférences serait due à ses prouesses sexuelles avec la présidente de l'université, Chantal Delouze. Une description très sommaire accompagne son entrée dans le roman (« le gentil Steve, avec son joli et inoffensif visage, ses cheveux mi-longs, bouclés et fins », p. 29) et accentue l'effet de réel. Il passe son temps à gloser sur les nouvelles affectations et les perspectives de carrière. C'est lui qui évoque la nomination de Godefroy Lempereur.

La rencontre avec Godefroy Lempereur a lieu lors du cocktail des dix-neuvièmistes, dans un musée situé au 16 rue Chaptal (ce qui correspond à l'actuel Musée de la vie romantique). La description initiale de ce lieu très connoté (« J'aimais la place Saint-Georges, ses façades délicieusement Belle Époque [...] le buste de Gavarni [...], [la] courte allée bordée d'arbres », p. 57) souligne la coloration romantique du personnage de François, un être complexe, solitaire, enfermé dans ses contradictions, un mélange de génie et de débauche qui contraste fortement avec le réalisme de la scène.

Godefroy Lempereur représente l'archétype du jeune homme ambitieux et arriviste, caractéristique du courant réaliste dans la littérature du XIXe siècle : l'élégance de son hôtel particulier et la richesse de son mobilier symbolisent une forme de pouvoir et les liens entre l'art et l'argent. Il est un personnage très important, car il introduit les thématiques de la littérature catholique, avec Léon Bloy dont il est un spécialiste et qui constitue selon le narrateur un « prototype du catholique mauvais » (p. 32), et celle de la mouvance des identitaires qui déclenche de nombreux affrontements. En effet, les événements amènent François et Godefroy Lempereur à errer dans la capitale où ils ne peuvent que constater « la place de Clichy complètement envahie par les flammes [...] des carcasses de voitures et celle d'un bus, carbonisées » (p. 63). François prend alors conscience de l'imminence d'une guerre civile entre identitaires européens et musulmans salafistes.

ALAIN TANNEUR

Tanneur, le mari de Marie-Françoise, est cadre supérieur à la DGSI (Direction générale de la Sécurité intérieure). Il apparaît d'abord à François comme « un mélange de truand et de commercial en apéritifs », avant de devenir un individu « souriant et propret » (p. 80-81), un homme toujours prompt à s'exciter « trépidant littéralement d'enthousiasme » (p. 151) lorsque surviennent des événements imprévisibles tels que la nomination de Bayrou comme Premier ministre.

Au fur et à mesure que le récit progresse vers l'élection de Ben Abbes, Tanneur retrouve ses prérogatives de fonctionnaire et délivre alors des informations très importantes sur le dessous des cartes en politique : il est une personne ressource pour le narrateur. Grâce à lui, le lecteur peut accéder à l'évolution de la situation politique et apprend notamment le probable ralliement de l'UMP (l'Union pour un mouvement populaire, parti politique français de droite) et du PS, ainsi que les tractations entre les socialistes et la Fraternité musulmane avant le second tour (p. 145-146). C'est lui qui évalue le projet politique du parti islamique. Tanneur ajoute que le futur président de la Sorbonne est déjà converti à l'islam (p. 84). Il est enfin celui qui évoque les conflits historiques entre catholiques et musulmans. Selon lui, le temps est venu d'une alliance avec l'islam (p. 148).

MOHAMMED BEN ABBES

Fils d'un épicier tunisien, Ben Abbes met en avant son enfance difficile et ses origines modestes durant la campagne électorale. Il est un produit de la méritocratie républicaine et symbolise l'idée que l'école républicaine sélectionne objectivement les élèves dans l'accès aux filières et aux diplômes.

Son ambition « est de devenir le premier président élu d'une Europe recentrée vers le Sud, incluant les pays du pourtour méditerranéen » (p. 157-158). Il est doté d'« une vraie vision historique » (p. 154) et est porteur « d'une grande politique arabe de la France comme de Gaulle en son temps » (p. 158) et d'« un véritable projet de civilisation… comme l'empereur Auguste » (p. 160).

L'éducation constitue visiblement un enjeu majeur pour Ben Abbes qui désire mettre en place un enseignement islamique pour tous. À cette fin, il souhaite le retour des filières d'éducation ménagère pour les femmes avant le mariage, la suppression de la mixité, la conversion à l'islam obligatoire pour tous les enseignants, la révision du régime alimentaire des restaurants scolaires, et la mise en place de séances de prières. Il incarne les valeurs abandonnées par la droite et le Front national, telles que « la restauration de la famille, de la morale et du patriarcat » (p. 153).

Son destin romanesque le conduit à la magistrature suprême.

ROBERT REDIGER

Robert Rediger est un homme « physiquement assez remarquable, très costaud, [qui possède] une poitrine large, une musculature bien développée, un physique de pilier de rugby [...], [un] visage bronzé, sillonné de rides profondes [...] [souvent] vêtu d'un jean et d'un blouson aviateur de cuir noir » (p. 238). Il a la cinquantaine, est moderne, hyperconnecté, et habite la splendide demeure historique de l'écrivain Jean Paulhan de l'Académie française (1884-1968), sise au numéro 5 de la rue des Arènes, dans le 5e arrondissement de Paris.

Cet universitaire belge, philosophe, auteur d'une thèse sur Nietzsche (philosophe allemand, 1844-1900), est le nouveau président de la Sorbonne. Il a reçu une éducation catholique, puis s'est tourné vers les identitaires, sans avoir jamais été raciste ni fasciste. Enfin, sa recherche spirituelle s'est orientée vers un humanisme athée, avant sa conversion à l'islam.

Il est extrêmement convaincant et incarne un islam très subtil. Il ne fait d'ailleurs pas l'objet du même traitement satirique que les autres personnages. C'est un idéologue du parti de la Fraternité musulmane : son livre (*Dix questions sur l'islam*), ses articles publiés dans les revues d'études palestiniennes et enfin sa nomination comme secrétaire d'État aux universités en sont la preuve. Il est loyal envers Ben Abbes et fidèle à ses engagements, tout en se faisant le fervent défenseur de la langue française et de la francophonie (p. 291).

C'est surtout lui qui est à l'origine de la conversion de François et de sa réintégration à Paris III : il participe ainsi au rayonnement de l'université et de la France, ce dernier étant un écrivain de renommée mondiale. Pour récompenser sa loyauté, Rediger sera nommé secrétaire d'État aux universités.

ANALYSE DES THÉMATIQUES

LA CRISE DU MODÈLE FAMILIAL LAÏQUE

La description du modèle traditionnel de la sexualité à la française ne suscite pas du tout l'adhésion du personnage principal. C'est avec une précision d'ethnologue qu'il dresse le portrait du schéma amoureux tel qu'il le conçoit :

> « Les jeunes gens, après une période de vagabondage sexuel correspondant à la préadolescence, [sont] supposés s'engager dans des relations amoureuses exclusives [...] où entr[ent] en jeu des activités non seulement sexuelles mais aussi sociales (sorties, week-ends, vacances). » (p. 20)

L'évocation de Bruno Deslandes (p. 91-94), un ami doctorant rencontré 20 ans auparavant, illustre bien l'échec de ce modèle et du mariage dans nos sociétés occidentales où le couple a « la sensation de s'être fait baiser quelque part » (p. 94), avec le travail, les enfants, le remboursement de la maison achetée à crédit – toutes ces responsabilités faisant que la femme « se présent[e] devant son seigneur et maître », épuisée par sa journée de travail, en « sweat-shirt et [en] jogging » (*ibid.*). Ses amis célibataires, « ram[ant] vaguement entre un peu de *Meetic*, un peu de speed-dating et beaucoup de solitude » (p. 92), ne sont guère plus avantagés.

Le constat est assez similaire pour le reste de la cellule familiale, puisque le divorce (p. 193) et le décès de ses parents (p. 174 et 188) ne l'affectent nullement. Ainsi, les lettres de la mairie de Nevers l'informant de la mort de sa mère et de son inhumation dans « le carré des indigents » (p. 175) sont traitées avec la série des courriers administratifs, entassés dans sa boîte aux lettres depuis son départ. Le narrateur mentionne simplement sa surprise, mais n'est pas affecté par cette nouvelle. Pareillement, la mort de son père est annoncée après la série de fornications avec des prostituées (p. 185-188) ; d'ailleurs, après sa visite formelle chez la notaire, le chalet dont il vient d'hériter lui rappelle un film pornographique allemand des années soixante-dix.

Le narrateur a conscience que la bataille est perdue d'avance – on pense à la séparation des parents de Michel Houellebecq et à la solitude qui a entouré ses années d'enfance –, et il constate avec amertume que le féminisme et le divorce sont les deux causes de cette crise. « Bruno et Annelise étaient certainement divorcés maintenant, c'est ainsi que ça se passait de nos jours ; un siècle plus tôt, à l'époque de Huysmans, ils seraient restés ensemble, et peut-être n'auraient-ils pas été si malheureux, en fin de compte » (p. 94), déplore François, avant de se replonger dans la lecture de son auteur préféré, son « compagnon » (p. 11), avec le même plaisir et la même satisfaction qu'autrefois lorsqu'il travaillait sur sa thèse. Ce faisant, Houellebecq démontre que les valeurs morales de la société française sont en train de péricliter.

Il recherche alors dans les écrits de son « ami fidèle » (*ibid.*) les raisons d'une vie de couple heureuse et harmonieuse comme « André et Jeanne [protagonistes principaux du roman *En ménage*]… [leurs] béates tendresses [et] maternelles satisfactions à coucher quelquefois ensemble [...] avant de se camper dos à dos et de dormir » (p. 94-95). « C'était beau, mais était-ce vraisemblable ? Était-ce un horizon envisageable aujourd'hui ? », se demande François (*ibid.*). Comme Huysmans décrivant dans *Marthe*, son premier roman, sa difficulté à trouver « la femme pot-au-feu capable de se transformer en fille », François ne peut que constater le même échec personnel à 44 ans.

LE DÉCLIN DE LA FOI CATHOLIQUE

REPÈRES

En France, la loi de 1905 sur la séparation des Églises et de l'État reconnaît la liberté religieuse, assure la liberté de conscience et garantit le libre exercice des cultes. Cet acte politique traduit la montée de la laïcité et des valeurs de la République, notamment l'article 10 de la Déclaration des droits de l'homme et du citoyen de 1789 qui consacre la liberté religieuse.

Dans le contexte de cette laïcisation de la société et de l'apparition des idéaux de la République qui se produit de la fin du XIXe siècle jusqu'à la première moitié du XXe, des auteurs catholiques font entendre leur sensibilité religieuse : Bloy, Claudel (1868-1955), Huysmans, Charles Péguy (1873-1914), Bernanos (1888-1948)... On assiste alors à de nombreuses conversions au catholicisme : Paul Claudel en 1886, Huysmans en 1893, Charles Péguy en 1908. Tandis que d'autres, comme André Gide (1869-1951) ou François Mauriac (1885-1970), cristallisent le débat sur la spiritualité et la littérature.

Plus tard, l'émancipation des femmes et la révolution sexuelle de 1968 auront comme autre conséquence la désagrégation de la spiritualité chrétienne dans la société française.

Le personnage de François témoigne de cette nostalgie de la foi dans la littérature à travers la figure de Huysmans qui apparaît comme un véritable personnage tout au long du roman, mais également dans la référence à Charles Péguy. Ainsi, lors de sa fuite dans le Sud-Ouest, le narrateur retrouve Alain Tanneur qui le reçoit à Martel, dans la maison qui appartenait à ses parents. Les explications que ce dernier dispense à François sur l'histoire du petit village de Martel, symbole de la chrétienté médiévale, sonnent comme la fin des rêves de grandeur du catholicisme. Lorsqu'il déclame des vers de Péguy (« Heureux ceux qui sont morts dans les grandes batailles/ Couchés dessus le sol à la face de Dieu », p. 161), c'est pour souligner que la France et la chrétienté médiévale ont duré plus d'un millénaire, par opposition à la République laïque qui n'a duré qu'une centaine d'années.

Le pèlerinage de François à Rocamadour dans la chapelle Notre-Dame est une exhortation religieuse, une prière à la Vierge noire pour qu'advienne le miracle du renouveau spirituel. Mais cette renaissance s'avère impossible, y compris chez les jeunes dévots : « Et ces jeunes catholiques, leur terre, l'aimaient-ils ? Étaient-ils prêts, pour elle, à se perdre ? » (p. 169) Une ultime lecture de Péguy faite par un acteur de la Comédie-Française confirme l'impossibilité de toute communion : « Je me demandais ce que pouvaient bien comprendre à Péguy, à son âme patriotique et violente, ces jeunes catholiques humanitaires. » (p. 168)

François, lui, intériorise un bref instant ce mysticisme contemplatif chrétien : « J'étais dans un état étrange, la Vierge me paraissait monter, s'élever de son socle et grandir dans l'atmosphère, l'enfant Jésus paraissait prêt à se détacher d'elle [...] et les clés du monde lui seraient remises. » (p. 169) Mais le lendemain, avant son retour dans la capitale, cette expérience mystique ne se reproduit pas : « Je me relevai, définitivement déserté par l'Esprit, réduit à mon corps endommagé, périssable, et je redescendis tristement les marches en direction du parking. » (p. 170) Enfin, son second séjour au monastère de Ligugé, malgré les voix des moines [...] pures, humbles [...], pleines de douceur, d'espérance et d'attente » (p. 217-218), a finalement sonné le glas de la chrétienté.

François souffre d'une crise d'identité, il en est l'archétype, et c'est ce vide religieux caractéristique de l'Occident qui est à l'origine de la « soumission ». La citation de Khomeyni (chef spirituel et homme politique iranien, 1902-1989), « Si l'islam n'est pas politique, il n'est rien » (p. 223), annonce l'inévitable : l'islamisation de la société française, une étape politique avant la conquête d'un nouvel ordre mondial que Ben Abbes appelle de ses vœux.

LA CONVERSION À L'ISLAM

La stratégie argumentative de Rediger

La question de la conversion à l'islam est posée de façon

décisive lors de la première rencontre avec Robert Rediger, le nouveau président de la Sorbonne. Celui-ci tente de convaincre François de l'existence de Dieu, un pari *a priori* difficile.

Rediger s'adresse d'abord aux sentiments de François, à son imaginaire, ne négligeant pas sa personnalité, bien au contraire. À son arrivée, il le fait ainsi patienter dans sa somptueuse bibliothèque d'où il peut admirer les arènes. François se montre curieux et se laisse impressionner par les vastes rayonnages de la pièce. Ce sont les thèses de doctorat qui retiennent son attention, et le président de l'université lui montre bientôt la sienne, celle qu'il a rédigée sur Huysmans.

Il recourt ensuite à la flatterie (« C'était vraiment un travail remarquable », p. 246), avant de lui confier ses intentions : il souhaite le réintégrer à l'université, car il a besoin d'enseignants prestigieux comme lui. Comme il connaît sans doute son penchant pour l'alcool et la bonne cuisine, il lui propose une bonne bouteille de Meursault. François se sent donc « désirable » (p. 249), reconnu dans son rôle d'enseignant respecté, et il apprécie beaucoup le Meursault et les petits pâtés chauds qui lui sont proposés.

Il est très tenté par la proposition de Rediger et avance finalement la condition *sine qua non* de cette réintégration sous une forme interrogative : « Vous pensez... Vous pensez que je suis quelqu'un qui pourrait se convertir à l'islam ? » (*ibid.*)

Des arguments convaincants

François vient d'échouer à deux reprises dans ses tentatives d'embrasser la religion catholique, et « [s]on athéisme ne repose pas sur des bases très solides » (p. 253). Aussi, lorsqu'il écoute le discours de l'universitaire belge évoquer sa propre conversion (p. 249-257), il semble réceptif à l'argument de la création de l'univers par un Dieu, cautionné par Newton (physicien, mathématicien et astronome anglais, 1642-1727), Voltaire (écrivain français, 1694-1778) et Einstein (physicien américain d'origine allemande, 1879-1955) : « Ça m'intéresse vraiment..., dit-[il] avec sincérité. » (p. 253)

Pour appuyer sa thèse d'une création divine, Rediger réfute celle, adverse, du hasard en recourant à l'argument du temps : « Combien de temps faudrait-il à un hasard aveugle pour reconstruire l'Univers ? », demande-t-il (p. 252).

Rediger évoque ensuite son histoire personnelle, car lui-même était à l'origine catholique, avant de devenir identitaire, puis humaniste athée. Il soutient ensuite que les nihilistes sont les plus difficiles à convaincre. Il ajoute qu'historiquement, « ils ne se contentaient pas de constater froidement la non-existence de Dieu, ils refusaient cette existence, à la manière de Bakounine [anarchiste russe, 1814-1876] » (p. 250). Il conclut enfin que s'ils refusent Dieu, ils ne peuvent pas se soumettre.

Son art de l'argumentation s'exprime d'abord dans la question rhétorique initiale qui ouvre le discours sur la fin de la civilisation chrétienne : « La chrétienté pouvait-elle revivre ? » (p. 255) Les guerres de 1870 et de 1914-1918 (p. 257-

258) constituent des exemples convaincants dans le dispositif argumentatif, de même que l'évocation de l'apogée de l'Europe et des rêves de grandeur suscités par les empires coloniaux et les prouesses technologiques, industrielles et artistiques (p. 256). Selon Rediger, cette faste période est moribonde, et la question rhétorique finale refermant la démonstration (« Comment, en effet, ne pas adhérer à l'idée de la décadence de l'Europe ? ») répond à la question initiale : il s'agit bien de l'argument du suicide de l'Europe, « cette Europe qui était le sommet de la civilisation humaine s'[étant] bel et bien suicidée » (p. 257).

La référence à la nuit ajoute une nouvelle tension dans le roman, une couleur romantique : il ne s'agit pas de n'importe quelle nuit, mais d'une nuit propice à une révélation décisive. Dans « un abandon réel » (p. 260), Rediger confesse que « le sommet du bonheur réside dans la soumission la plus absolue... de la femme à l'homme, et la soumission de l'homme à Dieu, telle que l'envisage l'islam » (*ibid.*). François n'est pas insensible à cette révélation. Alors qu'il a conscience que les arguments de Rediger sont « bien rodés » (p. 262), il concède cependant « toute leur force » (*ibid.*).

Mais pour François, la clé de la soumission réside dans l'argument de la polygamie : il est séduit par l'image du bon musulman entouré de ses femmes – les plus jeunes étant soumises au plaisir de l'homme –, une image qui contraste fortement avec celle de la femme de son collègue Bruno Deslandes, qui rentre « épuisée par sa journée de travail » (p. 94). N'étant ni athée ni humaniste, il ne se préoccupe pas véritablement des questions liées aux croyances. François souhaite simplement profiter des plaisirs charnels (« [s]a vie aurait été bien plate et morne s'[il] n'avai[t] pas, au moins de temps à autre, baisé avec Myriam », p. 126), et c'est pourquoi il se soumet.

La stratégie argumentative de Rediger en deux temps (persuader et convaincre) finit par faire mouche : François en a conscience et se montre d'ailleurs très inspiré dans l'analyse du discours de son interlocuteur. Il imagine bien « son [nouveau] mode de vie : une épouse de quarante ans pour la cuisine, une de quinze ans pour d'autres choses… » (p. 262)

Au final, le héros reste donc un personnage médiocre, inconséquent et victime de ses pulsions sexuelles. Malgré ses fulgurances mystiques, il ne parvient pas à s'élever vers Dieu. D'une certaine façon, il représente les faiblesses du genre humain abandonnant les valeurs de la République et des Lumières, recherchant d'abord sa « petite zone de confort ». Que les droits de l'homme soient bafoués, tant pis, ce n'est pas son problème, ni sans doute celui de tous ces hommes qui composeront avec lui la nouvelle société islamique française. La France laïque a abandonné sa religion, tant pis également, elle deviendra musulmane…

STYLE ET ÉCRITURE

UN ÉLOGE DE LA BANALITÉ

Roman de la banalité, *Soumission* met en scène un protagoniste ordinaire et désenchanté, qui se complaît dans cette insignifiance et dont Houellebecq se plaît à dire qu'il est atteint de relativisme généralisé. Ce qui fait l'intérêt du personnage de François, c'est précisément cette apparente banalité, ce modèle de médiocrité du quotidien. Rien ne semble l'affecter, ni sa pitoyable situation d'étudiant pauvre, ni son incapacité à exercer ses missions d'enseignant dignement, ni même son impuissance à construire une relation amoureuse, à fonder une famille. Et dans ce récit d'un quotidien prosaïque où rien finalement ne mériterait d'être publié, Houellebecq réussit le pari fou d'en faire une série de micro-événements dignes d'être racontés.

Étudiant, François « profite » de ses « rations de céleri rémoulade ou de purée cabillaud que le restaurant universitaire délivr[e] à ses infortunés usagers » (p. 15). Lorsqu'il devient professeur des universités, son rapport à l'alimentation n'évolue guère : il se nourrit de plats indiens « micro-ondables » (p. 37 et 53), et ne trouve rien de mieux à faire que de commander des sushis pour son dernier repas avec Myriam.

> « Les gens acceptent toujours quand on leur propose des sushis, dit-il [...], il y a une espèce de consensus universel autour de cette juxtaposition amorphe de poisson cru et de riz blanc [...], et n'y compren[ant] rien [...], il opt[e] pour un

menu combiné B3. » (p. 42)

Rien ne vient troubler cette série alimentaire, pas même la panne technique qui l'oblige à changer de mode de cuisson (du micro-ondes à la poêle).

La série de petites tracasseries du quotidien est traitée avec le même détachement : un regard insensible et froid sur un monde laissé à l'abandon. François admet que « son existence sociale n'[est] guère plus satisfaisante que [s]on existence corporelle, elle aussi se présent[ant] comme une succession de petits ennuis – lavabo bouché, Internet en panne, perte de points de permis, femme de ménage malhonnête, erreur de déclaration d'impôts – qui là aussi se succèd[ent] sans interruption ne [le] laissant pratiquement jamais en paix » (p. 99). Et même lorsque les toilettes du TER vomissent « un flot d'eau mêlée de merde » (p. 188), il n'exprime aucun sentiment.

L'écriture médiocre et prosaïque de Michel Houellebecq s'unit à la petitesse de son personnage pour connoter la vacuité d'un monde platement matériel, désenchanté et moribond.

À son retour de Paris, le personnage principal traite la série des courriers administratifs, les publicités et les quatre lettres de la mairie de Nevers l'informant de la mort de sa mère et de son inhumation dans la fosse commune avec la même froideur (p. 173-175). Cette mort résonne avec la lente agonie d'un monde que François symbolise sans opposer de résistance : sa mort physique (il dit « attend[re] [s]a mort »), sa mort sociale, la mort de l'Europe et la mort du christianisme.

La date même du 15 mai, jour du premier tour de l'élection, rompt avec le dispositif de narration du récit pour adopter le genre du journal intime, ce qui a pour effet de souligner l'événement : le Front national et le parti de la Fraternité musulmane obtiennent les meilleurs résultats à l'issue du premier tour. Mais François relativise ce score historique – qui va pourtant changer le destin de la France – en adoptant les registres de la satire et du burlesque.

UNE VISION SATIRIQUE DE LA SOCIÉTÉ FRANÇAISE

Une satire de la vie politique française

Soumission est l'occasion pour l'auteur de se lancer dans une critique acerbe de la société française et de toutes ses dérives. Pour ce faire, il ne mâche pas ses mots et n'hésite pas à grossir le trait afin de tirer la sonnette d'alarme.

Le soir du premier tour, les hommes politiques et les journalistes sont ridiculement comiques, à la manière de Jean-François Copé (né en 1964) que l'on voit apparaître « hâve, mal rasé, la cravate de travers » (p. 75), ou Christophe Barbier (né en 1967) « passant d'une chaîne à l'autre [...] joui[ssant] du don d'ubiquité », réussissant jusqu'à une heure avancée de la nuit d'éblouissants mouvements d'écharpe (p. 76). La description outrancière de Copé, qui « donn[e] plus que jamais l'impression d'avoir été mis en examen au cours des dernières heures » (p. 75), souligne la désagrégation du corps politique traditionnel face à l'inéluctable, alors que le journaliste semble appartenir à un espace de compétition contrefait, tronqué où il faut réagir vite (« ubiquité »), un espace dépourvu d'éthique et d'idéal, un vulgaire jeu politique. Christophe Barbier est « sans contexte un des rois de cette soirée électorale » (p. 76), remarque le narrateur entre deux bouteilles de Rully.

À la suite de l'accord entre l'UMP, le PS, l'UDI (Union des démocrates indépendants) et la Fraternité musulmane, la course aux portefeuilles de l'entre-deux-tours s'ouvre. François Bayrou, « régulièrement photographi[é], appuyé sur un bâton de berger, vêtu d'une pèlerine à la Justin Bridou [marque du secteur agroalimentaire industriel] » (p. 150) apparaît comme un personnage burlesque (de l'italien *burla*, « farce »), clownesque, farcesque. Dépeint ainsi, le célèbre homme politique est assimilé à un représentant en charcuterie, alors qu'il vise un mandat de Premier ministre. Il est d'ailleurs intéressant d'insister sur le paradoxe que représente l'alliance entre un candidat musulman et un homme politique « mangeur de porc ».

Aussi, bien des scènes ont pour but de faire rire. Si Bayrou est présenté « le visage auréolé d'un large sourire béat [dans] le rôle de Jean Saucisse, le *Hanswurst* des vieilles pantomimes allemandes, qui répète [...] ce qui vient d'être dit par le personnage principal » (p. 199-200), Mohammed Ben Abbes apparaît quant à lui comme un homme « replet et enjoué, fréquemment malicieux [évoquant] un bon vieil épicier tunisien de quartier » (p. 108). En outre, durant l'entre-deux-tours, le candidat allégorique de l'islam est décrit comme un personnage grassouillet, dodu, badin et niais : le complice idéal de Jean Saucisse.

Ben Abbes ne serait donc que la vulgaire pantomime de ce théâtre politique burlesque à la française ; et même si l'auteur s'en défend en affirmant qu'il incarne un islam subtil, on doit pourtant se résigner à admettre que ce personnage est d'emblée connoté comme un modeste acteur de vaudeville.

Après l'élection, le « malheureux Christophe Barbier » refait surface, « son écharpe en berne, se traîn[ant] misérablement d'un plateau de télévision à l'autre, impuissant à commenter une mutation historique qu'il n'avait pas vu venir » (p. 200). La caricature du célèbre éditorialiste de *L'Express* présenté en action dans toute son impuissance souligne l'incapacité de la presse à anticiper et à comprendre ce monde qui tombe en déliquescence.

Enfin, lorsque Tanneur considère Bayrou comme un homme « stupide » dont « la bêtise rassure l'électorat catholique » (p. 152), c'est pour permettre à l'auteur de forcer la satire en direction de l'Église.

Une satire de l'Église

Lors de son retour au monastère de Ligugé, plus de 20 ans après la découverte de ce sanctuaire (p. 212-220), le monologue intérieur de François contraste fortement avec le langage chaste et vertueux du moine Jean-Pierre Longeat et constitue un bon exemple de comique de mots et de caractère :

> « "La vie devrait être un constant échange amoureux, que l'on soit dans l'épreuve ou que l'on soit dans la joie", écrivait

le frère, "profite donc de ces quelques jours pour travailler
cette capacité à aimer en paroles et en actes".
"T'es hors sujet Ducon, je suis seul dans ma chambre", nar-
quoyais-je avec fureur.
"Tu es là pour poser tes bagages et faire un voyage en toi,
en ce lieu où s'exprime la force du désir", écrivait-il encore.
"Mon désir c'est tout vu, fulminais-je, c'est juste de me
fumer une clope, tu vois j'en suis là Ducon. Il est là mon lien
source..." » (p. 218-219)

On le voit, c'est l'opposition de deux univers – celui de
François et de Jean-Pierre, deux hommes que tout oppose –
qui crée l'irruption du comique de l'absurde et du burlesque
résidant ici dans la discordance entre le thème de cette
conversation et le vocabulaire vulgaire et injurieux employé
par le personnage principal.

François n'aurait jamais dû se retrouver dans ce monastère,
et c'est précisément parce qu'il est là, un peu malgré lui, que
cette scène suscite le rire ; mais un rire amer et déroutant.
François ne réussira pas à s'élever vers Dieu, le grand absent
de ce monde sans foi, qu'il soit chrétien ou musulman.

Sans doute Houellebecq souligne-t-il l'énorme responsabilité de l'Église dans cette crise spirituelle : des difficultés
à communiquer avec les hommes, lorsque son personnage
manifeste « une expression d'incompréhension totale »
à l'égard de frère Joël, le moine qui l'accueille lors de son
retour à Ligugé, 20 ans plus tard. La boutique d'artisanat
est fermée, le bureau vide : le monastère est apparemment
coupé de toute vie sociale sauf « cas d'extrême urgence »
(p. 213), une Église coupée d'un monde où l'humanisme

athée a rejeté Dieu en voulant mettre l'homme à sa place (p. 250). « De retour dans [s]a cellule » – on note au passage l'hyperbole visant à grossir exagérément sa misérable condition –, François considère que le discours de Jean-Pierre Longeat « l'exaspèr[e] de plus en plus » (p. 218). Il n'est pas en mesure d'entendre ce message d'humanité heureuse : « Entends, goûte et bois, pleure et chante, frappe à la porte de l'amour ! » (p. 219), et lui oppose une ultime raillerie : « Je me sentis [...] un peu en deçà de ses attentes » (*ibid.*). Il lui reste alors le « Bar de l'amitié » où « [il] n'éprouv[e] aucune satisfaction à [s]e retrouver au milieu de [s]es semblables » (p. 220), incapables de se réveiller de leur sommeil de 100 ans de laïcité.

Houellebecq dresse un portrait amer de fin de vie religieuse, de fin de spiritualité : sa littérature referme le rideau de notre civilisation chrétienne moribonde. Et la citation de Khomeyni qui suit cet euphémisme (« il n'éprouve aucune satisfaction » est une formule atténuée pour exprimer une très vive douleur), mise en exergue dans la dernière partie du roman, annonce l'inéluctable désastre.

LA RÉCEPTION DE *SOUMISSION*

POURQUOI CE ROMAN A-T-IL AUTANT CHOQUÉ L'OPINION PUBLIQUE ?

L'élection de Mohammed Ben Abbes au poste de président de la France est présentée comme étant de bon augure pour notre vieil Occident décadent, en déshérence, sans réel projet politique, tandis que la conversion à l'envers de François à l'islam *versus* celle de Huysmans au catholicisme résonne comme une ultime provocation dans la société française. Mais ne nous y trompons pas, il ne s'agit que d'une fiction, et il semble que ce serait une erreur de mettre sur le même plan la dérive mélancolique houellebecquienne avec les propos de Zemmour, Onfray et d'autres, sur la fin de notre civilisation.

Malgré tout, la plupart des commentateurs voient dans ce roman une illustration de la « théorie » du grand remplacement, ce qui a largement participé aux critiques. Pourquoi ?

Pour répondre à cette problématique, j'ai interrogé Cécile Alduy, professeure de littérature française à l'University Stanford, en Californie.

QU'EST-CE QUE LA « THÉORIE » DU GRAND REMPLACEMENT ?

La théorie du grand remplacement a été développée par Renaud Camus. Cette « théorie » conspirationniste affirme qu'il existerait un projet conscient, voulu et organisé par « le pouvoir remplaciste » d'une substitution de la population européenne « d'origine » par une autre, venue d'Afrique et d'Orient. Il parle de « substitution ethnique, culturelle et civilisationnelle ». Il y a donc une forte dimension raciale et culturelle dans cette théorie apocalyptique d'une extinction inéluctable de la civilisation et du « peuple » (comprendre race et ethnie) européen en raison d'une immigration massive et de la force démographique des nouveaux arrivants. Cette thèse circule beaucoup dans les milieux d'extrême droite.

« SI L'ISLAM N'EST PAS POLITIQUE, IL N'EST RIEN. » (P. 223) COMMENT INTERPRÉTER CETTE PHRASE MISE EN EXERGUE DANS LA DERNIÈRE PARTIE DU ROMAN ?

Cette épigraphe est l'un des « gestes » éditoriaux les plus polémiques du livre, car il place toute la vision de l'islam qui s'ensuit sous le patronage intellectuel de la révolution islamique iranienne. C'est réduire l'islam à l'une de ses composantes historiques, qui plus est minoritaire à l'échelle de l'Histoire et du globe. C'est là où le roman de Houellebecq frise le – mauvais – roman à thèse au lieu de donner à lire un monde possible complexe, touffu, pris dans une diversité de personnages, de vies, d'histoires. C'est une simplification non seulement politique, mais aussi littéraire (la littérature n'étant plus que l'illustration d'une « thèse »).

Le roman de Houellebecq est une fiction, plus exactement de la politique-fiction : il invente un monde possible – quoique peu vraisemblable, de son propre aveu – à partir d'une hypothèse, « Et si un parti musulman se constituait en France et l'emportait face au FN de Marine Le Pen lors des présidentielles de 2022 ? » Houellebecq déroule les faits qui mènent à et qui découlent de cet événement hypothétique. Il s'appuie certes sur un diagnostic de la vie politique française et commente indirectement l'état de la société d'aujourd'hui, régie par l'individualisme, le consumérisme, le sexe, et prêt à rapidement troquer les droits des femmes en échange de la paix civile et de la prospérité.

Il y a une interrogation sur l'identité française, sur l'effacement possible de ce qu'on a cru qui lui était intrinsèque (le christianisme, les droits de l'homme). Mais si l'on analyse bien, c'est plutôt une remise en cause de ces « valeurs identitaires » qui sont moins essentielles que ça, car le personnage principal, comme tout le monde autour de lui, s'accommode très bien du nouveau régime « islamiste *light* » mis en place. C'est donc plus compliqué qu'une revendication identitaire. Plus cynique aussi.

SOUMISSION EST-IL UN LIVRE ISLAMOPHOBE ?

Moins en tous les cas que son précédent roman, *Plateforme*, de 2001, où la haine de l'islam était explicite, écrite noir sur blanc. Dans *Soumission*, Houellebecq agite les fantasmes totalement irréalistes d'une imposition de la charia en France, mais une charia très *light*, qui s'inspire parfois des règles du catholicisme pour son système financier. Il mise sur les peurs, mais sa représentation de l'islam est surtout unilatérale, assez sommaire, et sans nuance, pas si négative que ça dans le système de valeurs du roman – et sans doute de l'auteur – où la liberté des femmes et les droits de l'homme sont de toute manière dénigrés.

POURQUOI PEUT-ON Y VOIR UNE ILLUSTRATION DE LA « THÉORIE » DU GRAND REMPLACEMENT ?

On peut y voir une illustration de la « théorie » du grand remplacement, car des institutions islamiques se substituent à la démocratie française. Mais il faut remarquer que le livre montre que ce sont des Français (professeurs, intellectuels notamment) qui prennent en charge et dirigent ces nouvelles institutions (par exemple, la Sorbonne est dirigée par un universitaire d'origine belge, converti qui était – justement – un identitaire par le passé). Donc la thématique ethnique ou raciale est plutôt absente. Il est plutôt question de « civilisations » et de leur décadence et succession ; une théorie de la chute et de l'émergence des empires vieille au moins comme Du Bellay (poète français, 1522-1560), mais qui est, il est vrai, un mythe politique structurant de l'extrême droite.

EST-CE UN LIVRE IRRESPONSABLE (CRISTALLISATION DES PEURS, DES FANTASMES, ETC., QUI SERAIT À L'ORIGINE D'UNE ANXIÉTÉ GÉNÉRALISÉE DANS LA SOCIÉTÉ) ?

Doit-on incriminer la responsabilité des auteurs ou des lecteurs ? Houellebecq cristallise des fantasmes qui sont dans l'air du temps, mais sa fiction s'affiche clairement pour de la fiction, une fiction nihiliste d'ailleurs qui détruit aussi bien des clichés sur la « France éternelle » supérieure et universelle que certains courants « identitaires » valorisent. C'est surtout un roman un peu paresseux au niveau de l'intrigue, des personnages, de la mise en scène. Beaucoup de longs dialogues pédagogiques et explicatifs, peu de chair romanesque.

COMMENT EXPLIQUER CET ENGOUEMENT POUR UNE LITTÉRATURE QUI PRÔNE L'ABSURDITÉ D'UN MONDE DÉSENCHANTÉ, LA PERTE DES VALEURS D'HUMANISME ?

Il est indéniable que nous sommes depuis le début des années 2000 dans un reflux, voire une critique de plus en plus décomplexée des idéaux des Lumières, des droits de l'homme, et des valeurs égalitaristes et de tolérance. L'humanisme n'est plus une valeur intouchable, du moins en France. Mais Houellebecq n'avait pas attendu cette tendance pour afficher son nihilisme désenchanté. Disons que de plus en plus de segments de la société et de courants politiques ou intellectuels le rejoignent aujourd'hui.

BIBLIOGRAPHIE

SOURCES BIBLIOGRAPHIQUES

- BONAVENTURE (Lionel), « *Soumission* : Houellebecq nie toute provocation à l'égard des musulmans », in *France 24*, consulté le 18 juillet 2016. http://www.france24.com/fr/20150104-soumission-michel-houellebecq-roman-fiction-provocation-president-musulman-france-islam-jihadiste
- BOURNEAU (Sylvain), « un suicide littéraire français », in *Mediapart.fr*, consulté le 29 juillet 2016. https://blogs.mediapart.fr/sylvain-bourmeau/blog/020115/un-suicide-litteraire-francais
- CAUNES (Antoine de), Interview de Michel Houellebecq datée du 8 janvier 2015, in *Le Grand Journal*, consulté le 29 juillet 2016. https://www.youtube.com/watch?v=cO0wgcTXr1s
- *C à vous*, émission datée du 6 janvier 2015. https://www.youtube.com/watch?v=zZT-4bleAkU
- CHRISAPHIS (Angélique), « Michel Houellebecq: "Am I Islamophobic Probably yes" », in *The Guardian*, consulté le 18 juillet 2016. https://www.theguardian.com/books/2015/sep/06/michel-houellebecq-submission-am-i-islamophobic-probably-yes
- DUPUIS (Jérôme), « Houellebecq : les secrets du "transfert du siècle" », in *L'express.fr*, consulté le 18 juillet 2016. http://www.lexpress.fr/culture/livre/houellebecq-les-secrets-du-transfert-du-siecle_809896.html
- FERENCZI (Alexis), « Michel Houellebecq et l'islam : une relation compliquée déjà avant *Soumission* », in *Le*

Huffington Post, consulté le 18 juillet 2016. http://www.huffingtonpost.fr/2015/01/06/michel-houellebecq-islam-soumission-musulman-religion_n_6372084.html

- Houellebecq (Michel), *Soumission*, Flammarion, 2015.
- Lancelin (Aude), « Michel Houellebecq : la République est morte », in L'Obs, consulté le 29 juillet 2016. http://tempsreel.nouvelobs.com/culture/20150105.OBS9312/michel-houellebecq-la-republique-est-morte.html
- « Interview *Soumission* », entretien diffusé durant le JT de France 2, consulté le 18 juillet 2016. https://www.youtube.com/watch?v=8E-lkVp8oHY
- « Islam : Houellebecq relaxé », in *L'OBS*, consulté le 18 juillet 2016. http://tempsreel.nouvelobs.com/culture/20021022.OBS1729/islam-houellebecq-relaxe.html
- « L'État, garant de la liberté religieuse », in *Vie-publique.fr*, consulté le 18 juillet 2016. http://www.vie-publique.fr/politiques-publiques/etat-cultes-laicite/liberte-religieuse/
- Leyris (Raphaëlle), « Le frappant télescopage entre la sortie du livre et l'attentat contre *Charlie Hebdo* », in *LeMonde.fr*, consulté le 18 juillet 2016. http://www.lemonde.fr/livres/article/2015/01/09/le-frappant-telescopage-entre-la-sortie-du-livre-de-houellebecq-et-l-attentat-contre-charlie-hebdo_4552323_3260.html
- « Michel Houellebecq, de conversion en soumission, interview par Henric et Catherine Millet », in *Artpress*, consulté le 18 juillet 2016. http://www.artpress.com/2015/01/08/michel-houellebecq-de-conversion-en-soumission-interview-par-jacques-henric-et-catherine-millet/

- « Michel Houellebecq, "Rester vivant" », in *Palais de Tokyo.com*, consulté le 18juillet 2016. http://www.palais-detokyo.com/fr/evenement/michel-houellebecq
- MOOR (Louise), « Posture polémique ou polémisation de la posture ? Le cas de Michel Houellebecq », in *Contextes*, consulté le 29 juillet 2016. http://contextes.revues.org/4921
- ONO-DI-BIOT (Christophe), « Houellebecq fait son cinéma », in *L'Obs*, consulté le 18 juillet 2016. http://www.lepoint.fr/actualites-litterature/2007-01-17/houellebecq-fait-son-cinema/1038/0/28318
- ROBERT-DIARD (Pascale), « Au procès de Michel Houellebecq pour injure à l'islam, les écrivains défendent le "droit à l'humour" », in *Le Monde.fr*, consulté le 18 juillet 2016. Souhttp://www.lemonde.fr/societe/article/2010/09/09/au-proces-de-michel-houellebecq-pour-injure-a-l-islam-les-ecrivains-defendent-le-droit-a-l-humour_1409172_3224.html

SOURCE ICONOGRAPHIQUE

- Portrait de Michel Houellebecq. © Stefan Bianka.

Éditeur responsable : Lemaitre Publishing
Avenue de la Couronne 382 | BE-1050 Bruxelles
info@lemaitre-editions.com

ISBN ebook : 978-2-8062-7905-7
ISBN papier : 978-2-8062-7906-4
Dépôt légal : D/2016/12603/183
Couverture : © Lisiane Detaille.

Conception numérique : Primento,
le partenaire numérique des éditeurs.